그늘을 비질하면 꽃이 핀다

KB191673

그늘을 비질하면 꽃이 핀다

최석균 시집

시인의 말

생김새별 색깔별로 갈피에 끼워 둔다.

인연 닿은 입과 눈,

내게로 와서 머물다 간 소리와 빛,

어떻게 굴절되고 착색됐을지.

언젠가는 소멸이 되겠지만,

그 아슬한 순간을 귀히 여기고 높이 받들며.

2024년

최석균

차 례

● 시인의 말

제1부 바람의 언덕엔 소금꽃

제2부 그늘을 비질하면 꽃이 핀다

제3부 낮달과 별이 뜨는 집

제4부 동그라미 그리는 땅

제1부

바람의 언덕엔 소금꽃

만남

밭 둔덕에 호박 두 개가 붙어 있다
한 개가 한 개 위에 올라앉는 형상이다
넝쿨을 따라가 보니 뿌리내린 구덩이가 다르다

아름다운 만남을 구경하는 마음의 밭에도
아득한 시간을 달려온 넝쿨이 엉켜 있다
어떤 넝쿨이 연애를 하고 몰래 열매를 달았을까
두 손으로 가슴을 만져 본다

뜨거운 바람과 햇살을 등에 지고 가슴에 안고
호박벌과 호박꽃이 노랗게 단물 드는 중이다

입동

모닥불을 쬐며 폈다 오므렸다 하는 손바닥을 보다가
뜨거운 쪽을 향해 심장이 뛰는 이유를 알게 됐다

오래 온기를 전하기 위해 속 태우는 별을 보면서
멀리 본향에서 오는 빛이 아름다운 이유를 알게 됐다

남은 길은 춥고 어둡지만, 불의 나라에서 담아 온 불씨를
등대 삼아
심장이 뛰는 쪽으로 걸어갔다 멈췄다 한다

냉정을 찾아가는 나목 위로 눈발이 날린다

구절초가 피었었지

앙상한 흑갈색 꽃대가
꽃씨 품은 꽃받침을 떠받치고 있다
꽃잎이 웃던 자리엔 공허가 앉고
벌 나비가 앉았던 자리엔 냉기가 돈다
향기는 때를 알고 흩날리고
꽃가지는 길을 알고 부서졌으니
꽃피는 마음 어느 결에 다시 낼까
따스했던 길 되밟아 걸어보는 것은
무릎 시리고 어깨 기우는 일
꽃대의 흔적마저 지워지고 나면
날 보고 흔들던 손길, 웃던 얼굴
언제 한번 또 부여잡고 입맞춤할까

사랑

시간이 확장되고 공간이 연속되는 그곳은
해 뜨고 달 지는 일과는 무관합니다

멀어진 길만큼 시간이 늘어나고 있으니
그대를 오래 그리워하기에 이보다 좋은 곳이 없습니다

늘어나는 시간만큼 좁아진 길을 마주하면서
들찔레 개망초 번지는 바람 속으로
나는 날마다 그대와 나란히 걷는 일을 생각합니다

빛과 어둠을 넘어 나이와 황금과 무관
세상에서 가장 길고 향기로운 그곳은
내가 멀리 가고 싶어 높이 둔 곳입니다

너의 계절

신비의 계절이 하나 있지
오래 다가가도 당도할 수 없는

벌레들 다급히 우는 소리로 가을이 오고
호박잎 고구마 순 순순히 주저앉는 빛깔로 가을이 가는데

네 소리와 빛깔 네 냄새를 보존한 채
나를 맴돌며 떠나질 않는

계절 밖의 계절이 하나 있지
너를 감금한 채 오지도 가지도 않는

알곡 같은 농부들 땀 냄새로 가을이 와서
한로 상강 이름으로 쳐내야 할 것들 쳐내며 가을이 가는데

한평생 안고 뒹굴어야 하는
내가 못내 궁금한 계절이 하나 있지

쌀쌀맞은 바람으로 오지 못하고
쓰러져 누운 들판의 얼굴로 가지 못하는

바람의 언덕엔 소금꽃

바람의 언덕에 올랐다 바람맞은 심장이 풍차처럼 돌았다 눈에 바다가 담기고 소금꽃이 피는 날

뗏목을 타고 부유하던 연인들이 초록 등대에 끌려 속속 닻을 내렸다 저 다정多情처럼 지치지 않는 바람을 언덕에 깐 날이 있다 어둡지 않은 하늘을 머리에 인 밤이 있다

회항의 돛을 단 정인情人은 어떤 별을 좌표 삼았을까 바람이 등을 떠밀었지만 붉은 등대가 보이는 신선대 해변에 발이 묶였다 연신 날리는 소금꽃

포말로 일며 모래알로 반짝이며 선녀 걸음으로 멀어져가는 낙조에 눈을 감았다 어디쯤 정박했을까 바닷물이 헹군 발자국엔 풍문風紋만 남았다

가슴에 소금기가 있는 사람은 바람을 맞기 위해 언덕에 오른다 왜 이렇게 짠할까 왜 언덕엔 바람이 불고 소금꽃이 필까

금산 미인

해와 달처럼 문을 열고 들어와 팔짱을 꼈다

이부자리 노을을 펴기도 하면서
수평선을 목걸이로 걸기도 하고 오로라를 옷자락으로 날
리기도 하면서

미인이 열지 못하는 문은 없었고 팔짱은 풀리지 않았다

둘레에 비단길을 내는 일부터 구름과 파도를 돌 안에 새
기는 일까지
미인은 물과 바람의 일을 하면서 빛과 소리를 띄웠다

바다와 하늘을 한 빛으로 열면 일심으로 사랑하는 다리가
놓이고
숨을 내쉬었을 때는 펄럭이는 산수화가 배달되었다

미인은 동서남북에 있으면서 사계의 향과 맛을 날랐다
하루살이의 심박을 뛰게 하고 날개를 다는 일을 멈추지
않으면서

홍매

네게로 가는
춥고 높은 사랑아

네 살결에
봄눈으로 닿지 못한다면
네 가슴 속을
맑은 향기로 흐르지 못한다면

내 사랑 실패다

네 어깨 위로
붉은 하늘을 열지 못하고
달을 띄우지 못한다면

분식집 사월의 바보

겨울에는 분식집 사월의 바보에서

그대와 함께 국수를 먹고 싶다

따뜻한 국물로 언 가슴 채우며

후루룩 한 끼의 평화를 누리고 싶다

힘없는 낱낱의 가닥이 다시 밀가루처럼 반죽 되는

못생긴 이 땅의 사랑을 꿈꾸며

내 마음 꽃피는 사월로 찾아가

그대 분 같은 가슴에 푸른 밀밭을 펼치고 싶다

겨울에는 분식집 사월의 바보에서

후우우 봄바람 같은 입김을 뿜으며

그대와 함께 국수를 먹고 싶다

서산

아무 데서나 솟지만
구름 속 입술을 만나는 아름다운 일은
아무 때나 일어나지 않는다

싸늘히 식어가는 등을 문지르다가
진즉 뒤쪽에 닿았을 따뜻한 가슴을 놓친다

미리 가서 기다려도 너는 없으니
내가 내 안에 갇히는 시간

아침을 찾아 떠난 뒷모습을 밟다가
돌아서면 마주할 환한 얼굴을 놓친다 가끔

입이 일으킨 바람에 목이 감기고
눈으로 쏜 빛에 눈동자가 찔린다

빛이 덮이고 한 왕조가 저무는 문제로 그치지 않을
입과 눈의 봉쇄가 진행되는 쪽

아무 때나 손짓하지만

붉은 심장을 마주하는 아름다운 일은

아무 데서나 일어나지 않는다

소나무

    소년의 눈빛이 날아가 닿는 중심엔 돌담집이 있다. 소년이 앞동산에 올라 내 어깨에 걸터앉는 이유를 나는 안다. 감꽃을 줍고 봉숭아 꽃잎을 따는 손길을 종종걸음을 바라보는 이유를 안다. 소녀가 집을 나가자 소년도 집을 떠났다. 소녀는 돌아오지 않았고 집은 무너졌다. 내 어깨에 기댔다 가는 달과 별의 무게가 무거워지던 날, 낙엽의 걸음으로 돌아온 소년이 내 발부리에 앉는 날이 있다. 소년의 눈빛이 날아가 닿는 중심엔 무너져 내리는 돌담이 있고, 눈송이처럼 가벼워진 소년이 내 늘어진 어깨를 만지는 날이 있다.

밀양 도호요 도공의 말씀

가마를 짓는 것은
둥지에 날개가 깃들다 가듯
당신 머물다 갈 새터를 마련하는 일입니다

가마에 불을 넣는 것은
먼 길 돌아온 걸음에 징검돌을 놓고
숨찬 가슴에 불멸의 숨을 불어넣는 일입니다

물의 강을 건너야 당신과 마주하고
불의 강을 건너야 천년 빛줄기를 잉태한다면
기꺼이 그 강을 건너겠습니다

물레를 차고 또 차는 것은
허공의 집에서 알이 나오듯
당신 걸음 위에 따뜻한 세계 하나 탄생할 때까지
기다리고 또 기다리는 일입니다

장군바위
— 창원 삼정자동 마애불

민생에게 몸을 내주려고
민가 가까이 내려앉았나 보다
불쑥 걸어 나올 듯 천년
눈먼 사람에겐 눈을 파 가게 하고
아들 없는 사람에겐 코를 베어 가게 놔뒀나 보다
귀 없어도 다 들으니 귀를 내준 뒤
눌러야 할 악마가 안 보이니 손목마저 내주고

보이시나요
월인천강月印千江의 땅
신천지 불빛과 첨단 문명의 먼지에 숨죽이고 있는 땅
눈 파 간 사람들은 눈이 더 멀고
코 베어 간 사람들은 아들 낳을 엄두를 못 내고 있어요
손목을 잘라간 손들이 되려 세상을 쥐고 흔들어요

들리시나요
산자락에 깃든 전설과 샘솟는 동화童話를
앞뒤 안 재고 뭉개버린 땅입니다

물 한 모금 얻어 마실 집터와

정자나무 그늘에 놀다 가던 푸른 말들을

남김없이 묻어버린 땅입니다

바위에서 서둘러 나오셔서

눈멀고 귀먹은 사람에게 빛과 소리를 주세요

구름을 데리고 복련伏蓮을 타고

내리內里마을 따라 내려오셔서

온전한 얼굴 되찾고 내준 손목 돌려받으세요

사람들은 전설을 좋아해요

이 땅 지켜낼 장군 같은 아이를 안고

삼정자동 내리마을 따라

옷 주름 날리며 오세요 전설같이 오세요

연심

아름다운 석양이 질 때
한 겹 두 겹 드리웠던 옷깃을 여미며
붉은 마음 감추는 날이 올 것이다

뜨겁고 향기로운 시간을 접어서 차곡차곡
연적 같은 가슴 속에 담아두고
몰래 이슬 머금는 날이 올 것이다

깊이 와서 높이 있는 사람아

감이 떨어지다

널 마주하고 있는데
떨림이 없다

네 손을 잡고 있는데
뜨겁지가 않다

풋풋한 웃음살로 흔들면 낭창낭창 받아주던 날은 가고
더는 얼굴이 붉어지지 않는다

돌아보면 아찔한
네게로 온 숨차고 더운 길

손을 놓아도 무섭지가 않다
가슴 뭉개져도 이젠
아프지가 않다

무리수 두는 길

하루라는 점을 찍으며 한 해를 걷는다
노란 들녘을 펼쳐놓고
반듯한 두렁길로 그대 손길을 끌며

구절초로 활짝 여뀌꽃으로 반짝반짝
벼처럼 머리를 숙이고 다정다감 미로를 헤쳐 나간다

착각의 길목을 돌다가 만난 벼랑 앞에서 우두커니
돌이킬 수 없는 길과 길을 돌아본다

길모퉁이마다 떨군 마음이 산새알같이 선명하다
금세 날개를 펴고 날아갈 기세다

몽유하듯 앞서거니 뒤서거니
디딘 발자국만큼 이젠 추수를 끝내야 할 때

그대 향해 날린 향기롭고 예쁜 몸짓 전부
첨벙대는 무리수인 줄을 왜 모를까

딴엔 침묵마저 무리라는 생각이 들어

구슬 굴리듯 마음 쓸어 담는 길이다

잠수

출렁이는 사람을 건너는
숨 막히는 날이 있었다

안 본다는 말로 읽힐까 봐
고래처럼 푸른 밥을 말아 먹고 거푸 숨을 뿜으며

죽음이라는 말로 읽힐까 봐
날숨을 흰 눈처럼 뿌리며

눈물이라는 말조차 없는 해저에서
밀어를 띄우는 고래의 시간

출렁, 했을 때를 생각한다
심장의 불을 끈다는 말은 잠기고

절벽을 세우고 물거품을 죽이는
섬의 날이 있었다

제2부

그늘을 비질하면 꽃이 핀다

범람

물방울 튀는 소리만 듣고
물줄기 닿는 찰나만 느낍니다
뽀송한 상상은 금물입니다
향긋한 거품을 자양분 삼아
몸 구석구석 꽃이 피는 듯
가슴이 부풀고 겨드랑이에 날개가 돋는 듯
한데, 물외物外의 일이 무슨 소용이겠습니까
심연 저편, 지구의 신음이 들린다면
당신의 촉수는 고해에 닿은 겁니다
샤워실에서 이러는 거 아닙니다
물방울 튀는 소리로 해갈
물줄기 닿는 찰나로 헐벗음을 벗으면서
무슨 숨 막힐 일이 있겠습니까

나무 옷장

나무 안에 옷장이 있다 옷장 서랍엔 해와 달에서 뽑은 물감이 가득하다

잠옷 나들이옷 색색의 무늬를 디자인해서 연두를 덧칠하는 손이 옷장 안에 있다

옷가지 하나씩 내걸 때마다 하늘로 땅으로 빠져나가는 천연색 물감, 보이지 않는 손은 한물갔다 헐겁다 핑계하며 밤낮없이 물감을 풀어 헌 옷을 빨아 넌다

단장을 해도 금세 색이 바래는 머리엔 모자를 내준다 아예 옷을 내걸지 못하는 어깨엔 나비를 앉히고 옷장 문이 잠기면 바람의 옷을 입힌다

옷장 속의 손길은 닿지 않는 곳이 없다 스스로 수의가 되었다가 배냇옷으로 돌아오는 옷장, 날마다 나무는 옷을 갈아입는다

재미없는 직진

멀리 가기 위해 굽이치던 길을 잃고
사람이 펴놓은 길로 물이 흐른다

휘감으며 돌아보던 길을 버리고
사람이 뚫어놓은 굴속을 바퀴가 달린다

하천을 정비한다는 명목 아래
물길 따라 놀던 울퉁불퉁한 돌이 사라지고

그대에게 닿는 시간을 줄이려
산 너머 피어오르던 그리움이 걷혔다

물은 천년만년 무슨 재미로 흐르고
새벽 구름은 무슨 재미로 산허리를 감나

굽이쳐야 닿을 수 있는 아름다운 나라는
산 너머 은하에서 반사되고 있는데

멀리 봐야 깊어지는 그리움은

산의 심장을 파며 울고 있는데

벌

벌을 만났다 길바닥
파닥파닥 날아오르기 위해 몸부림치고 있다

꽃밭을 경작하고 있어야 할 입과 다리가
봄맞이 길목에서
습격을 당한 듯 뒤집히고 있다

동반 추락의 환영에 붙들려 정신 줄을 놓고 서 있으니
환청이 날아든다 잉잉

벌집을 쑤시듯 하늘과 땅을 들쑤시는 말이 난무하고
식량난을 예견하는 입이 분분하다

떨어진 운석보다 충격적일 수 있다는
뜨거운 말 한 개를 주워 안주머니에 넣었지만
얼어붙은 발바닥은 떨어지지 않고

못살겠다 봉기하면서

따끔하게 한번 쏘아붙여 볼 일이지

괜한 핑곗거리를 띄우며 두 손 모으지만
돌아갈 길이 안 보인다

벌 서는 몸으로 서서
난데없는 추락에 방향을 잃고
파닥대는 길바닥

고요한 착점

— 바둑판

손끝을 타고 내려와 안착하는 돌소리가 깊다
나는 몸을 열고 돌을 품는 나무

돌과 돌이 만나는 미지의 길은 내 안에 있으므로
나는 어떤 소리로 울어야 할지를 안다

나는 빗물 받는 연잎처럼 출렁이면서
당신 착점을 하늘처럼 받든다 별이 뜨고 바람이 일고

열아홉 이랑이 우주의 길로 넘칠 때까지
날개로 오는 당신, 밀물 썰물로 스미다 가는 당신

나는 패배가 없는 나 이전의 나무로 숨 쉬면서
당신 실착까지 살이 닳도록 사랑한다

돌길을 닦는 거친 손이 나를 눌러도
꽃길을 여는 섬섬옥수가 나를 때리고 긁어도
나는 빗물 받은 연못처럼 고요해져서

동그란 소리, 동그란 무게에 젖는다

그늘을 비질하면 꽃이 핀다

뒤란 감잎을 쓸자
흙투성이가 된 그늘이 딸려 나온다

달아날 수 없는 거리를 두고
떨림이 있던 자리 반경엔
감미롭고 환한 증거들이 뒹굴기 마련

밟힐수록 단단히 박히는 씨앗부터
물러터진 흔적의 꼭지까지
한 그루 감나무의 기록이 수북하다

감잎 그늘을 비질하는 걸음 위로 무지개가 뜬다
촉촉한 계단을 디디고 가면
풋감 담가둔 항아리가 열리고 감꽃이 필 거라는 예감

별을 품다가 천둥을 새긴 파란 그늘에서
마른 울음을 흘리다가 홀연 정신을 놓은 주홍 그늘까지
빗자루가 쓸지 못한 그늘을 바람이 쓸어 담아

가지가지 끝에 매단다

뒤란엔 숨죽인 그늘의 역사가 살고
그늘을 비질하면 수북수북 감꽃이 핀다

단감나무 그루터기

선산 밭뙈기 단감나무는 하나같이
잘 다듬어진 실한 가지를 옆으로 드리웠다

그 가운데 한 그루 고욤나무가 비쭉
앙상한 줄기를 위로 뻗쳤다

묻혔던 토종 대목의 극적인 환생이다
죽은 단감나무 뿌리에서 막바지 숨으로 일어난 생명이다

열매는 작고 떫고 씨까지 많아서 먹을 게 없지만
까매질 때까지 묵히는 감칠맛이 있다

쭈그러진 고욤을 빨아보고 씨를 뱉어보면
단감이 오는 길목을 떠받치는 연원이 비친다

잘린 둥치에 남의 몸을 받아들여
이 땅의 물을 길어 올리고 이 하늘의 바람을 담아내는
고욤의 시간이 넘실거린다

죽은 단감나무 그루터기에서 일어난 줄기가

회초리 같다 거기에 달린 고욤이

까맣게 잊혔던 할머니 젖꼭지 같다

날개

돌아다니다가 돌아와 잔다

눈 뜨자마자 또 돌아다니러 나간다

선선한 바람에 선뜻

차 앞부위 까만 점에 시선이 머문다

바짝 다가가 들여다보니 날개다

흔적 없이 날아간 날개까지 수백

수천은 되고도 남겠다

바퀴는 바퀴의 길을 가고 있었고

날개는 날개의 길을 가고 있었을 텐데

인과의 선악을 알 수가 없다

날개의 길에 들어선 바퀴 잘못인지

바퀴의 길에 들어온 날개 탓인지

알 길이 없는 일이 반복된다

알 길이 없는 일이기에

차에서 내리는 얼굴이 얼얼하다

날개에 맞서서 찍힌 까만 점이

점점 느는 것을 직감하는 아침저녁

자다가 또 돌아다니러 나간다

빛나는 걸음

별이 깔린 하늘이다
어둠이 짙다는 반증이다

별똥별에 홀린 눈망울들이
별무늬 이불을 덮고 단잠을 자고 있을 때

산같이 쌓인 그을음을 쓸며
새벽으로 간 걸음이 있다

개벽은 일어나지 않았지만
별의 조도와 색깔만 바뀐 날이 반복되고 있지만

마당과 골목의 무명을 닦으며
여명의 바다로 간 걸음이 있다

동백꽃 피는 길

하룻밤 지심도只心島*를 안았다 붉은 길 하나가 떠올랐다 어디서 온 거냐고 묻지 않아선지 나아갈 길이 깜깜해선지 바로 수면 아래 잠겼다

다음 날 길은 동백꽃 피는 길을 열고 갈매기로 나는 길을 펼쳤다 손을 잡아주지 않자 이번엔 절벽을 내놓고 사라졌다

포성처럼 천둥이 울고 비처럼 길이 쏟아졌다 길은 주둔군이 남긴 요새와 활주로를 적시면서 사방을 조망하고 수색하면서 바다로 들어갔다

섬은 울음의 원천 위에 떠 있었다 섬을 떠날 수 없는 길은 수평선을 그리는 일로 뒤척이거나 꽃으로 지는 일을 반복했다

섬은 파도의 칼날로 마음을 새겼다 지혈이 되지 않았다 치유를 위해 길은 이웃 섬으로 붉은 꽃잎을 띄웠다

길을 지우고 싶은 섬나라의 도발이 멈추지 않았다 포연이
자욱했다 달이 뜨고 꽃이 피는 길을 막아버릴 것처럼

묻을 수 없는 붉은 과거가 번개 쳤다 동백꽃 피는 길이 혈
맥을 타고 흘렀다 노을이 섬을 덮는 날이 오고 또 오고

* 지심도只心島 : 거제시 일운면에 있는 섬. 수령이 오래된 동백나무가 많아
서 동백섬으로 불리고 일제강점기 일본군의 요새가 남아 있다.

골목

주소와 상호가 찍힌 얼굴로 견딘다
출생의 비밀은 다양하고 깊어 꺼낼 수가 없다

창마다 잔잔한 웃음이 비칠 때가 좋지만
긴 침묵이 지배할 때가 많다

간간이 가로등 아래 그림자끼리 만나
온기를 남기고 간다 그 자리엔 어김없이 예쁜 싹이 튼다

어깨 너머로 비경을 보여주면
커피나무를 심는 일에 골몰하는 손발이 밀실을 만들고
다투어 입술을 흘린다
유독 뜨거웠던 구석 자리엔 새벽까지 불티가 날리고

유리 파편에 머문 햇살이 악다구니를 날린다
술 냄새는 날아가 어디서 잠들지

과거를 찾아 쳇바퀴 도는 신발 때문에 골머리를 앓긴 해도

밤의 부산물을 줍는 재미가 쏠쏠하다

막다른 길로 접어든 발자국은 되돌릴 방도가 없다
커피 열매를 볶아 짜낸 영혼의 향기를
놀 위에 띄우는 일 외엔

그렇게 와서 머물다 간다
신호음이 잡히지 않는 문자를 찍어놓고
풍화 중인 그림자를 벗어놓고

강산의 돌

강변을 걷는 눈빛이 내 형상을 훑고 간다
굴러와 주저앉은 길은 못 보는 눈치다

눈에 담으면 눈머는 일, 손에 쥐면 손 아픈 일인데

산길을 걷는 손발이 내 색채를 낚아채고 간다
무너져 묻힌 시간엔 무관심인 채

나는 빛과 어둠으로 탈피를 거듭하는 몸
나의 일은 물과 바람으로 다채로워지는 일

밟히는 등과 외면당하는 가슴이
강을 건너고 산을 오르는 징검돌일 텐데

일방의 눈빛은 상류 쪽으로 날아가고
산정을 향한 손발은 구름 위에 앉을 듯 숨차다

나는 무겁고 낮은 곳을 좋아하지만

닿을 수 없는 나라를 선호하는 눈빛에 몸살을 하는 몸

나는 강하고 견디는 일을 잘하지만
떠내려와 뒹구는 손발에 살이 닳는다

물의 눈물

1

풀잎에 모여 앉은 물은
반짝반짝 넘치는 기쁨을 띄우다가
생이 다하는 순간까지
풀잎을 춤추게 하면서 가볍게 가볍게 하면서
둥근 고요 속에 만물을 담아내다가
왔던 자리로 돌아간다

2

지상의 일로 열받아 천상에 운집한 물은
슬픔을 폭포처럼 쏟아붓는다
때와 장소를 안 가리고 날아올라
검은 날개를 펴면서 대기의 강으로 범람하면서
사랑이 아닌 일로 뜨거워진
인간사를 덮기도 하고 지우기도 한다

3

내게로 와서 머물다 가는 물은

무엇에 닿아 반짝이려고 몸을 날리는지

무거워지고 탁해져서

나는 또 어디에 닿아 부서지려고 몸을 부풀리나

4

천년을 몸부림치는 물을 만났다

티브이 화면 속에서

그물을 찢고 플라스틱 조각을 빼내기 위해

바다거북을 흔들며 울부짖고 있었다

바다거북의 눈을 마주하면

소금보다 짠 물의 눈물을 만날 수 있다

물의 열기가 하늘에 닿아

사랑이 아닌 일로 불타오르는

사람의 눈으로 흐른다

극과 극

고향 친구 덕호는 사돈의 팔촌 길흉사부터 나랏일까지 관여하지 않는 데가 없을 정도로 발이 넓기로 소문난 친구다. 또 한 명의 친구 만득이는 중년을 넘길 때까지 꽃 속이나 나무 뒤로 숨기를 밥 먹듯이 하면서 혼자 놀기의 정수를 보여주는 친구다. 그러던 둘이 인연의 뒤안길을 돌고 돌아 마침내 한 방에 모여 카톡을 한다. 밤낮없이 먹고 노는 사진과 영상을 올리며 자기 색깔로 방을 도배한다.

간간이 휴대전화가 뜨겁다. 안부는 뒷전인 채 우클릭하고 좌클릭하는 문자가 극과 극으로 치닫기 때문이다. 그런데 신기하게도 불이 붙지 않고 급랭일 때가 많다. 그러다 해빙 解氷의 얼굴로 돌아와 또 방을 달군다. 갈라진 땅덩이의 여진이 단톡방에까지 미친 건지, 한 고향이라는 명분의 울타리가 얼었다 녹았다 한다. 어떤 공간이 우리를 또 불러 모을까. 인연의 뒤안길이 깊고 멀다.

피날레

귀뚜라미 대군이 길을 장악하네
귀뚜라미 선봉이 담을 넘고 집을 수색하네

잠을 약탈한 귀뚜라미 근무조가
귀를 뚫고 귀를 뚫고 승전보를 알리네

이게 무슨 소리야? 귀뚜라미!
매미는? 자러 갔나 봐!
그럼 귀뚜라미가 이긴 거야? 아마도!

또렷또렷 애들 말을 귀뚜라미가 이겼네
귀뚜라미 실은 밤차 새벽으로 달리네

귀뚜라미 대군이 휩쓴 자리
피날레처럼 단풍 드네 낙엽 휘날리네

신발의 유전

밥상을 엎은 발이 있다. 고사리손이 본능적으로 발목을 잡았다. 아이를 걷어차고 문을 박찬 신발의 질주가 시작됐다.

발길질은 아이의 키를 넘나들었다. 가슴을 가격당한 얼굴이 뒷거울에 비쳤지만, 발은 액셀을 더 밟았고 신발은 날개를 달았다.

발은 속성으로 자랐다. 그다음 아이의 발이 기형이 될 거라는 우려가 현실이 될 때쯤, 신발 모양의 비행체가 지붕에 출몰한다는 목격담이 돌았다.

신발은 어떻게 오나. 광속으로 날아다니는 발, 우박처럼 쏟아져 뒹구는 발, 신발에 뺨을 맞는 무서운 밤이 잇달았다.

발의 경로는 예측될 수 없었다. 다만, 젖어 흐르는 발이, 끈 떨어진 신발이, 문 안에서 증발했다는, 발자국 화석이 발굴됐다는, 풍문이 돌 뿐.

죽순

이제부터는 텅텅 비는 날일 테니
속은 소리로 채우고
몸통은 바람에 기대자

시위를 당긴 사람들과 창을 든 사람들이 잠복을 시작하면
자세를 고쳐 잡고 한 백 년 잠들지 말자

그 그늘에 앉아 본 사람은 안다

서늘한 기운이 어떻게 일어나는지
푸른 함성은 어디로 날아가는지

제3부

낮달과 별이 뜨는 집

리어카

접합 부위가 떨어진 몸으로 구석진 자리를 지키고 있다
품 안에 앉았다 가는 그늘이 깊고 짙다

거름 냄새 밴 지전紙錢이 어떤 경로로 리어카에서 나오는
지 올빼미 눈을 뜨고 엿보던 유년이 녹물에 덮여 있다

리어카 안주머니에 손을 넣었다가 찔린 비밀이 풀리려나,
시간의 녹을 닦다가 마주한 못대가리가 손끝을 스친다

리어카를 굴린 힘이 가슴 속 대못인 줄을 읽지 못했다 리
어카가 안주머니에 죽음을 넣어두고 두렁길과 투전판을 오
간다고 잘못 읽은 날이 녹물에 묻어나온다

바람 빠진 타이어와 녹슨 바퀏살로 앉아 있는 몸이 그윽
하다 냄새의 꼬리를 달고 그늘을 들이는 가슴이 고적하다

자백

합천호를 돈다 걸음이 불편한 아버지와

전망 좋은 한 모텔 앞을 지나가는데

저기서 사흘 밤낮을 바둑을 두며 논 적이 있었지

대뜸 자백을 하신다 굴곡진 길을 돌아오면서

음지의 일을 양지의 일로 윤색한 내 안의 비밀 하나를 들

킨 듯 놀랐지만

아버지는 내리막 구부렁길을 따라 담담히 풀어내신다

막혔던 물꼬가 트이듯 가슴이 열리면서 나는

그때 얼마큼 잃으셨어요, 웃으면서 묻고 아버지는

무르팍이 좀 상했지 뭐, 주름을 펴며 답하신다

땅과 수확물을 찾아 출렁인 세월

수면 아래 잠겼던 금기어가 지느러미를 흔들며 올라오는

느낌

수문이 열리고 논두렁 밭두렁이 드러나듯

묻히고 무뎌진 상처가 아름답게 발굴되는 느낌

틀니가 받쳐주는 얼굴이 양지꽃이 핀 듯 환하다

화석화된 시간 위를 합천호 윤슬이 난다

산이

외양간을 잃고 쓸쓸한
양친을 위해
산지에 가서 제값 치르고 데려온
암캉아지 이름이다

어미와 생이별시키고
박스에 담아 싣고 내 어머니께 가는데
새끼가 제 운명을 아는지
젖을 게워 내며 젖은 눈으로 눈치를 보다가
새 주인 앞에서 꼬리를 흔들었다

산이의 성장기 내내
멀미를 하며 타지에 떨구어진 나의 날이
강아지풀처럼 자랐다

먼 데서 오는 차 소리만 듣고도 꼬리를 흔들던 산이
삼 년을 못 채우고 떠났다
개답지 못하다는 동네 사람들의 지적을

아버지가 못 견딘 것이다

내 출생지 호산, 끝 글자를 따 붙여준 이름
산이는 어디로 가고 있을까

너를 잃고 쓸쓸한 나의 날 위에
나를 못 견딘 얼굴이 달처럼 떠올라
하나둘 사위어갔다

죽지 않는 나무

밤이 긴 날이다

내가 자르고 쪼갠 나무들이
어둠 속에서 걸어 나온다

고향 산마루, 집 뒤꼍 나뭇짐 더미에서
꽃 피고 새순 돋으면서

내가 낫질한 진달래나무 싸리나무
내가 톱질하고 도끼질한 소나무 오리나무 도토리나무
일제히 살아서 푸른 그늘을 드리운다

밤이 길고 바람이 찬 날이다

내가 죽인 나무들이 낙엽 지는 길을 걸어와
아궁이에 모여 불을 지피고

내가 죽인 몸들이 나를 살리려고

어둑한 시간을 건너와

다시 죽어 연기로 사라진다

겨울 굴뚝새

하늘 멀리 그리움의 연기를 날리는
탄 가슴속을 몰랐으므로

나는 밥이 넘어간다

온몸 살라 온기를 전하는
재 한 줌의 길에 눈감았으므로
아랫목에 누워 시원시원 등 지지는 말씀을
속 깊이 담지 않았으므로

나는 잠이 온다

마실 가는 일조차 힘겨운 날이 진즉 왔다는
뼈 시린 신호를 감지 못했으므로

눈치챈 아버지

맹한 콧속을 어떻게 눈치챘을까
고향 다니러 간 날

야야 고개 한번 뒤로 제끼 봐라
송아지 코뚜레 뚫듯이 빨대를 밀어 넣고는 혹 불었다

숨길 따라 가루가 번졌다
산 가재를 잡아 말려서 빻은 가루라 했다

숨통 여는 민간 처방을 물어물어
산골짜기 가재 숨구멍을 찾아 얼음장을 들었을 것이다

중턱을 넘는 고갯길에서
집게발을 든 의사가 내 몸을 다녀간 날

먼지와 소음에 휘청이는
숨 가쁜 걸음을 어떻게 눈치챘을까

밥이 오는 길

달과 해로 이어지는 길
내가 잃어버린 뜨겁고 하얀 길

구름바다를 건너면 보이겠지, 생각하면서
은하수를 보는데

모판 지고 오는 개구리 등에 있고
모 심고 가는 뻐꾸기 날개에 있다

어머니 가슴을 뚫고 내게 와 창자를 돌아내리는 길

아버지가 뜨시는 한술 밥에는 보이는데
내가 떠먹는 한술 밥에는 왜 안 보이지, 생각하면서
뙤약볕 속 두렁길을 걷는데

논고동 미꾸라지 노는 물 안에 있고
메뚜기 방아깨비 뛰는 바람 속에 있다

살아서 퍼덕거리는 길

미로

바둑판 같은 농로에
네 발 오토바이를 올린 일은
아버지가 둔 최상의 수다

손주를 태우고 골목을 돌 때는
눈과 입에서 꽃잎이 날리고
바퀴에서 바둑알 구르는 소리가 났다

작물과 땔감을 벌처럼 실어 나르며
장도 보고 꽃구경도 다니고
밤에는 이웃 동네 소문난 다방까지 날아가 놀기도 하면서
바둑판 한 모퉁이를 돌아 나오던 꼭두새벽

아버지는 가속페달을 잘못 밟다가 미끄러졌다
막다른 골목이었다

그때부터 아버지는 가만히 앉아서
과거와 미래의 길을 넘나드는 일이 잦았는데

출구를 찾은 듯도 보였고 입구를 잊은 듯도 했다

차를 몰고 다니며
쇠와 기름의 날을 사는 나는
몸에 전기가 들어오고 불이 붙는 일을 겪으면서
출구가 보이지 않는 길 위에 서 있다
아버지의 길 언저리를 돌면서

토종벌

십수 년 전 묘사 때
벌 한 통 가져가라는 구촌 아재의 말씀을
꿀처럼 머금고 있던 아버지와
가깝고도 먼 산길을 날아갔다 온 날이 있다

분양받은 벌통을 밭 둔덕에 놓고
이태를 기다렸다가 맛본
까무잡잡한 토종꿀을 나는 잊을 수가 없다

분봉 기미가 보이거든 기별을 주시게
외래종 벌이 문제가 될지도 모르겠네

꽃이 피면 잉잉거리는 아재의 다디단 웃음과 말씀
나는 지금도 귓속 입속에 머금고 있다

꿀을 뜨던 삼종형이 그만 세상을 버렸다는데
몇 해째 그걸 모르고 살다니

해마다 가을이면 아버지는

먼 친척 생사 문제에서 묵어가는 산소를 돌아본 일까지

네 발 오토바이로 부려 놓으며 붕붕

머리 위로 8자 그림을 그리신다

싸리꽃 밤꽃이 피는 산자락

구불구불하고 높고 향기로운 길을

오는 봄엔 한 바퀴 날아갔다 와야겠다

낮달과 별이 뜨는 집

빛이 그리운 대낮에 불쑥 찾아간다. 촌집은 비어 있고 고작 어물통을 채워놓거나 비질 외엔 할 게 없는 나는, 어스름이 내릴 때까지 달과 별이 뜨기를 기다린다.

낮달은 들녘에서 별은 다방에서 따로 들어오는 일이 다반사였는데, 어쩐 일로 한번은 반짝반짝 네발 오토바이에 앉아 나란히 귀가한다. 그 장면을 본 후로,

하늘에는 수시로 달과 별이 뜬다. 별의 허리를 꽉 붙든 낮달과 헬멧을 눌러쓴 별이 빛난다. 네발 오토바이 탈탈거리는 소리가 들리고 고사리를 꺾어와 삶고 말리는 냄새가 난다.

빈집에 앉아 낮달과 별의 고무줄 같았을 거리를 잰다. 집 나가는 낮달 꿈과 돌아오지 않는 별 꿈에서 아직 깨지 못한 아이를 위해 긴 착각의 시간을 끊어낸다.

고스톱이나 내기바둑마저 시시해진 낮달과 별이 나란히 네발 오토바이에 앉아 귀가하는 해거름, 그 장면에 나를 데

려다 놓는다. 집에서 멀어지고 있는 반짝반짝 작은 별의 거
리를 가늠하면서,

자연스러운 일

고사리 취나물은 삼가장에 내다 팔고
밤은 가회농협에 돈을 산다
벌레 먹고 흠이 많은 것은 두루 나누어 주신다

땔감은 기름을 사서 때면 된다고 말려도
논밭 농사 그만둘 때가 됐다며 한마디씩 거들어도
정년 퇴임할 때가 아니니 관여 말라신다

아버지의 평생직장은 산과 들이다
땔감과 먹거리를 장만하는 자존심으로 버티시는데
이보다 자연스러운 일을 나는 본 적이 없다

멈춘 리어카

너로 차오르던 가슴이 있었지 너 없이는 한 걸음도 뗄 수 없는 내가 굴러서 길을 내기 위해 너의 무게로 숨 막히던 밤이 있었네

뜨겁게 발효되는 봄날이 있었네 꽃 피는 꿈에 부푼 내 안의 네가 오르막길을 돌아 멀리 출렁이기 위해 길 나서는 아침이 있었네

가을이 오고 너를 부린 두렁길 위의 이슬은 얼마나 맑았는지 알알이 돌아와 안기는 너로 배불렀네 내리막길을 굴러 멈춰선 내가 보이기까지

향기의 원천을 묻어버린 발밑이 막다른 길목인 셈, 오래 머물러 주저앉은 자리엔 걸어온 길만큼의 뿌리가 내리는 법이지

너로 차오르지 않는 날은 앉은 채로 땅끝에 가닿네 그리움의 가지를 꺾으니 굴러가지 않고도 가닿는 길이 내 안에 열리네

영암 폐사지*의 사계

먼 길 돌아온 뻐꾸기는
황매산 품을 나간 사람을 부르며 울고

오뉴월 눈 뜬 개구리는
묵은 전답 일구라 복구하라 운다

아름다운 고장 정겨운 소리
보고 싶고 듣고 싶다고

석등을 떠받친 쌍 사자의 포효 너머
금당 뒤 터 현무가 고개를 든다

귀촉도 운다 매미 귀뚜라미 울고
천년 잠에서 깬 바위가 운다

아름다운 사람 정겨운 발길
만나고 싶고 살리고 싶다고

* 영암 폐사지 : 경남 합천군 가회면 황매산 자락에 있는 신라의 절터.

모산재*

하늘에서 내린 물을 머금는 산정이니
백두 천지연과 다르지 않다

아래쪽 마을이 순차적으로 받아서 쓰고
수평의 들녘이 골고루 나누어서 먹고 나면
사람 몸을 돌아 바다로 들어간다

모산재 돛대바위에 앉는 순간
물을 퍼 올리는 하늘 멀리
구름바다에 배 한 척 띄운 셈이니
아름다운 항구에 닿은 거나 마찬가지다

* 모산재 : 경남 합천군 가회면 황매산 자락에 있는 고개, 물이 샘솟아 못을
이뤘다는 데서 붙여진 이름. 정상 가까운 곳에 돛대 모양의 바위가 있다.

모산재 주점*의 내력

영암 폐사지 발치

모산재 그늘이 맑게 드리운 날

막걸리에 파전을 내놓고

탑같이 앉은 할머니

에구 몸서리야, 뭐 좋은 게 있다고

절이고 고개고 저리 오를라 할꼬

능선 같은 주름을 펴며 던지는

연둣빛 넋두리 너머

며느리가 국수를 말고 있다

* 모산재 주점 : 황매산 자락 모산재 등산로 입구에서 열리던 주점.

평촌의 봄

경기도 안양 평촌 골목에서
내 고향 경상도 합천 친구를 기다린다
싸락눈이 진눈깨비로 날리는 날

친구는 열일을 제쳐놓고 우산을 폈다
우산 속에서 나는 밤새
봄비 소리를 들으며 꽃피는 평촌 골목을 눈에 담았다

우산을 접자 눈발이 날렸다
등 뒤로 꽃잎 같은 손길을 남긴 친구는
미끄러운 서울 길로 들어서고

하행선 차창에서 나는 눈을 뗄 수 없었다
평촌의 봄과 친구의 실루엣이
겨울 논밭과 나목을 연두로 물들이며
강물처럼 일렁이고 있었다

제4부

동그라미 그리는 땅

둥근 풍경

볕 바른 산자락에 동그마니 앉아 있다
바람 세찰수록 선명하다

산길 물길 돌 때마다
마음의 문 한쪽을 열고 들어와
봉긋봉긋 자리 잡는다

괜찮을 거야, 마음자리는 한정이 없으니까

과거와 현재가 인사를 나누고
햇살인 듯 바람인 듯 나 이전의 내가 다녀간다

둥근 데서 와서 둥근 데로 가는 길이니
나 이후의 나는 별이나 비로 만날 수 있겠다

한 시절 떠밀리다 묻힐 형세지만
바람 세찰수록 살아나는 풍경

해와 달이 그린 산수화를 알처럼 품었으니
네게는 날갯짓 한 번이면 닿겠다

수천 년 이 땅이 가꾼 생사의 원형이
표지판처럼 길을 비춘다

괜찮을 거야, 따뜻하게 받아들이는 일이니까

동그라미 그리는 땅

원형을 찾는 마음으로 동네 한 바퀴
내 동그라미가 저녁을 맞는 작은 동그라미를 뭉갠다

죽자고 맴도는 모기는 복원력이 뛰어나지만
거미가 그리는 동그라미는 소리 한번 못 지르고 뒤죽박죽

나를 응시하던 고양이가 뒷골목으로 들어간다
어둠 속에서 괴성이 날아든다 그의 동그라미가 침범당하
는 중이리라

마을 둘레에 공룡이 출몰하는지
상상이 안 되는 큰 동그라미에 또 누가 깔려 죽는지
거품 터지는 소리 꼬리를 문다

완벽의 밀실을 꿈꾸며 동그라미를 그리지만 우리는
깨지지 않으면 비상할 수 없는 눈과 눈이 닮았다

하늘을 구르던 달이 내 동그라미를 잠재운다

입구
— 마스크 쓰는 날

태생이 생사를 넘나드는 길이라

아무나 드나들 수 없는 문門의 얼굴로

당신을 향해 떠다닌다

안을 들여다보기 전에는 모른다

뱀의 혀가 불쑥 목을 물지

철퇴가 튀어나와 코를 강타할지

다만, 마음 밭에 낙원을 예약해 놓고

당신을 향해 문이 열리길 기다릴 뿐이다

먼 길 위의 적의를 걸러내면서

긴 시간 속의 살의를 잠재우면서

당신은 내게로 오고 있고 나는 당신에게로 가고 있다

안을 들여다보기 전에는 모른다

속 깊은 당신 숨 막히는 향기를

어둠 저편 환한 출구를

선크림

안 발랐다간
화상을 입거나 피부암에 걸릴지 모른다는
경고성 광고가 쏟아지자 여름이 오고

달구어진 하늘의 강을 건널 수 있을까
헤엄이 서툰 내가
숨을 참지 못하는 습관 때문에 자주 가라앉는 내가

발라야 하나 말아야 하나 머뭇대다가
예찬론자한테 발리고 말았다

첫 경험이 유쾌하지는 않았지만
눈 감는 순간, 눈부신 말의 힘이 노출 부위를 감싸고
입 다무는 순간, 말할 수 없는 날의 뜨거움이 심장을 채웠다

늦게 도착하는 습관은 문제가 되지 않았다
감추어 둔 부위의 부력에 기대어 강을 건너야 하는
남은 날의 부끄러움이 문제일 뿐

형광 불빛에도 탄다는 광고엔
방 안에서는 어째야 하나 반신반의하면서

선크림이라는 말의 옷을 입고
속 태우는 밤낮
발려야 하나 말아야 하나

매미

한 마리 곤충이 보란 듯이
방충망에 붙어 큰소리를 치고 있다

우화羽化까지의 서사는 묻어두고
도심의 잡음을 헹구며
고층 아파트 안쪽까지 물길을 트고 있다

구애의 노래든 선계에 이른 환희든
이보다 속 시원한 일이 또 있을까
이슬 먹고 내뿜는 물소리가 거침이 없다

집 없이 누리는 자유는 높고
때맞춰 접는 날개는 낮다

여음을 좇아 맴도는 나는
매미 앞에 무엇으로 큰소리치나

오늘을 살아내는 핑계를 대면서

시끄럽다고 쫓으려는 손짓을 향해

말리는 시늉을 해본다

휴일의 꽃길

아침나절 TV 화면 속 동물농장 옆을 지나갔다 개를 사랑하는 가족 얼굴이 초롱꽃으로 피었다 개를 보듯 사람을 봐주지 않는 꽃에 대해 고민하다가

점심 때쯤 웨딩홀 테이블 꽃으로 앉았다 카펫 끝에 있는 뷔페에서 낮술로 꽃핀 친구를 만나 시든 꽃 몇 송이를 묶다가

병원 지하 식장에 들러 저녁밥을 먹고 하얀 꽃길을 빠져나와 노을에 취했다 '부산에 가면 다시 너를 볼 수 있을까' 옥탑 형광 글자 앞에서 찍은 사진, 공유할 내 안의 꽃을 물색하면서

사진을 날릴까 말까 고심하면서 백사장을 걸어 동백섬을 돌았다 낮에는 꽃이 못 된 것이 밤에는 꽃이 되는 풍경에 풍덩, 수평선 따라 피고 지는 꽃잎을 세면서

이루지 못한 일로 내일을 예약한 나를 보았다 오래 꿈꾸던 복사꽃 동산은 언제쯤 내 얼굴 실개천 같은 주름 위에 꽃잎을 띄울까 내게 날아온 손길이 꽃가지로 흔들리는 날

어시장에 갔다 나오는 이유

바닥을 치는 퍼덕거림이 있기 때문이지
고무대야를 탈출한 고기처럼
숨이 넘어갔다 돌아오는 경계를 맛보면서

짠물을 피해 건져 올리는 바지와
비린내에 닿지 않기 위해 나풀거리는 신발이
유형流刑의 공간을 유영하는 물고기 눈앞에서는
절인 살점처럼 얌전해지기 때문이지

도마 주변에 널린 비늘과 핏기를 곁눈질하면서
발에 물 튕기는 어시장을 빠져나오면
나를 기다리는 바다 같은 고무대야 세상

무용한 아가미와 지느러미를 확인해 보는 거지
탈출을 시도하다 들려 들어간 고기처럼
차 위에 둥둥 떠서 돌다 보면
산 너머 구름의 바닥이 보이기 때문이지

소리 올가미

여름방학 탐구활동을 위해 배운
매미 잡는 법

소꼬리 털 하나를 뽑아 올가미를 만든 뒤
댓가지 끝에 묶어 매단다

동네를 돌아다니다가 쏟아지는 소리 속에서 매미를 발견
하면
올가미를 머리 쪽으로 가져간다 소리 없이

낚아채는 순간, 걸려드는 날개
매미의 일생은 짧았고 탐구는 더 짧았다

그 후 해마다 여름이면
나를 탐구하기 위해 매미가 온다

소리 올가미에 걸려든 나는 손 한번 못써보고
오줌을 찍, 갈기면서 일생을 끌려다닌다

강력한 사춘기

1.

식탁 앞
젓가락으로 깨작깨작

한창 클 나이에 고것밖에 안 먹느냐
는 말을 막 꺼내려는 참인데
눈치 한번 빨라서

우리 반에 와 봐라, 나보다 뚱뚱한 애는 없다, 다 뼈다귀다

피둥피둥한 생각들 미리 발라내서
뼈다귀로 만드는

말속의 뼈

2.

똥오줌 못 가리겠네, 무심코 뱉었는데
아빠 똥 기저귀 채워 보내면 되겠네, 삐딱선 탄다

너 그러다 큰코다친다? 으르니
내 코 안 큰데? 먼 산 본다

이놈이 갈수록 버릇없이, 막 누르면
아빤 더 쥐뿔도 없으면서, 구석으로 몬다

그러고 보니 하나둘
모으고 가꾸었는데 없다

눈치도 염치도

3.

딸이 붙인 내 별명
원숭이

제 엄마가 가끔 나를
인간아 인간아 하는 눈으로 빤히 보고 있으면
보려면 돈을 내야 한다고
눈길을 딱 막고는 손을 내민다

인간답게 살지 못한
세월과 족보를 뒤지느라 머리를 긁적이고 있자니

막무가내 방으로 떠밀고는 쾅
문을 닫아버린다

탈출기

트랙을 돌 듯 도는 습관이
몸을 모교 운동장으로 밀어 넣었다

숨을 헐떡이는 입이 먼저
마중을 나왔다 불모지였던 맨땅

예상치 못한 싹이 튀어나올지 몰라
바짝 키를 낮춘다

사금砂金같이 빛을 내는, 매미 허물같이 부스러지는
잽싸게 낚아채야 할 것들을 위해
신발을 끄는 시간

눈 귀 입이 없는 얼굴이 오색 구슬로 굴러 나온다
자라지 않는 손발, 썼다가 덮어둔 이름이 먼지를 털고 일
어난다

원심력에 튕기듯 탈출했지만

먼 길 돌고 돌아 원점에 선 시간

모래강변 같은 손수건 한 장에 안겨
산소 같은 함성을 듣는다

도깨비

내 안에서 숨 쉬는 나 아닌 생물이
내 몸을 수족처럼 부린다

방망이를 들고 장난을 치면서
씨름이 하고 싶을 때는 샅바를 차고 덤비면서

뿔난 얼굴로
내 마음 어두운 빈집에 출몰을 거듭한다

누대에 걸친 인연으로 자생했거나
옛이야기 뒤안길로 잠입한 게 분명하다

빛이 들면 숨었다가
어둠이 들면 귀신같이 눈에 불을 켜고
뚝딱 대궐 같은 집을 짓고

절대 내공으로 영역을 확장한다
내 정신머리에 놀면서

허공중에 피는 꽃

산행 도중에 만난
빛나는 군무
날아올랐다 내려앉았다 흩어졌다 모였다
떠다니는 꽃송이

귀와 눈을 풀풀 들이는 산길 따라
하늘과 땅이 한마음으로 띄우는
우화 한마당

산짐승 배설물 위, 숨진 생명 위
아지랑이같이 향연같이 피어서
따르며 앞서며 가까워졌다 멀어졌다
잔치하는 꽃송이

내 머리로 옮겨붙어 뱅뱅 돌며
그대 가슴으로 건너가며
산행 내내 피고 지는
소리의 빛

물음표의 무게에 끙끙대네

밤길, 그림자에 놀라네 평소 거울 속 얼굴에 놀라다가 달밤 그림자에 소스라치네 누구하고 살다 왔나 뚝 떨어져 발바닥에 걸린 물음표의 무게에 끙끙대네

그림자를 흘려서 빼간 게 차 바퀴인가 가정 경제인가 꼽아보다가 자폐일까 뜬구름일까 짚어보다가 달밤에서조차 그림자를 놓치네 정신 나간 틈을 노린 그림자의 신출귀몰을 막을 길이 없네

그림자 없는 몸의 끝은 어디인가 끝없는 무관심의 날을 미안해하는 허리가 무너졌네 피부가 빛을 잃었네

시골길을 읽을 눈이 없네 자연을 들을 귀가 없네 그림자를 놓치고 무엇에 붙어살았나 별똥별처럼 뚝 떨어진 물음표의 뜨거움에 놀라네

해담정사海潭精舍*

문을 열면
산골 물이 방안으로 흘러
찻물 달이는 소리로 돌아나간다

산바람이 구름을 데리고 다녀가는 중인지
뜨락 연못에 파문이 인다

찻잔 속에 연못을 들여놓고
연못 속에 바다를 담을 궁리에 빠진 주인
누가 오든 가든 무심하다

백월산이 들어와 정좌하자
달도 얼굴을 비춘다

* 해담정사海潭精舍 : 경상남도 창원시 북면 백월산 자락에 있는 해담 선생 집.

별천

세상이 물에 잠겼을 때
배 한 척으로 떴다는
경상남도 함안군 여항산 꼭대기
그 자락에 별천 계곡이 있다
부르면 복사꽃 떠내려 향기롭고
다가가면 몸과 마음 떠올라 걸림이 없다
눈이 밝고 높은 사람은
이 나라 마지막 표범이 남긴 눈빛과 발자국을 읽으며
산정에 정박 중인 배 한 척을 만나리라
세상이 큰물 지고 숨 막히는 날은
별천 가는 문을 두드려야 한다
짐 벗고 발 씻으며 둥실
나뭇잎 한 장의 마음을 얻어
바다 건너편에 닿기 위해

세심洗心

오르는 일에 익숙한 걸음이
초록 층계를 밟습니다

산기슭을 따라 터지는 찔레꽃 웃음과
골짜기를 펄럭펄럭 넘어가는 뻐꾸기의 연애편지가
발 사이에 끼어들어 구겨집니다

쌓인 것은 여름이 되고
쏟아져 내린 자리에 겨울이 있습니다

뻐꾸기 새끼는 자라서 남쪽 나라로 날아가고
눈 덮인 산자락 찔레 열매가 꽃등을 켭니다

내리는 일에 서툰 걸음이
얼음길을 밟습니다

낙화, 그리고 개화開花

박다솜

낙화, 그리고 개화開花

박다솜

(문학평론가)

1. 엉킨 넝쿨, 만남

한 권의 시집에는 시인이 보낸 한 시절이 담겨 있다. 한 명의 시인이 출간한 여러 권의 시집이 있다고 할 때, 그것들은 외형상 완결된 각각의 세계처럼 보이지만 실은 한 사람이 보낸 일련의 시간이라는 점에서 매끄럽게 이어지기도 한다. 그래서 때로 어떤 시집의 도입부는 같은 시인이 출판한 이전 시집의 종결부와 밀접하게 닿아 있는데, 최석균의 이번 시집과 지난 시집이 그렇다. 그의 세 번째 시집『유리창 한 장의 햇살』(천년의시작, 2019)의 마지막 페이지에는 「낙화」라는 시가 수록되어 있다. 「낙화」는 세 번째 시집을 닫는 시편이면서, 네 번째 시집 『그늘을 비질하면 꽃이 핀다』의 예고편처럼 기능하는 작품이다. 그러니 누구든 최석균의 이번 시집을 정확히 읽고자 한다면 「낙화」에 대한 독해를 선행해야 할 것이다.

누가 모를까

삶이 축제가 아니란 것을

너와 나는 흩어질 것이고

불꽃은 이내 꺼질 것이란 것을

아무렴 어떨까

하늘하늘 아문 꽃자리

샘솟는 기억을 따라가면

비마저 꽃, 나락마저 꽃길인 것을

― 「낙화」 전문

「낙화」의 화자는 삶은 축제가 아니며 너와 나는 곧 흩어질 것이고 환희의 불꽃은 이내 꺼질 것이라는 사실을 담담하게 서술한다. "누가 모를까"라는 그의 말대로, 이는 우리 모두가 잘 알고 있는 슬픈 사실이다. '삶은 고통'이라는 말씀에 담긴 부처님의 통찰력은 우리 각자의 삶을 통해 매 순간 새롭게 증명되고 있지 않은가. 그런데 시의 화자는 1행의 "누가 모를까"

112

를 5행의 "아무렴 어떨까"로 받아내며 의미의 전복을 꾀한다. 삶은 축제가 아니기에 많은 경우 인간들은 헤어지고 슬프고 괴롭겠지만, "아무렴 어떨까". 이별의 상처가 얼마간 아문 후에, 샘솟는 기억을 따라가면 우리가 함께했던 순간들이 심지어는 "나락마저" 꽃길을 이루고 있음을 발견하게 될 테니 말이다. 따라서 '낙화'라는 제목의 위 시는 꽃의 '떨어짐'에 주목해 처연해하기보다는, 떨어진 꽃잎들이 만들어내는 꽃길의 아름다움에 감탄하는 편을 택하고 있다.

그리고 이는 시인의 네 번째 시집 『그늘을 비질하면 꽃이 핀다』가 하는 일이기도 하다. "생김새별 색깔별로 갈피에 끼워"(「시인의 말」)두는 것은 바로 「낙화」의 꽃잎이 아니겠는가. 낱낱의 꽃잎을 주워 생김새별 색깔별로 갈피에 끼워두는 일이 "인연 닿은 입과 눈, 내게로 와서 머물다 간 소리와 빛"이 "어떻게 굴절되고 착색됐을지" 기억하는 일인 것은 이 때문이다. 갈피에 끼워둔 꽃들마저 바스러지고 나의 기억도 희미해지면 이 모든 것은 "언젠가는 소멸이 되겠지만" 우리가 함께 나눴던 "그 아슬한 순간을 귀히 여기고 높이 받"드는 일이 『그늘을 비질하면 꽃이 핀다』가 하고자 하는 일이다. 그런 의미에서 이번 시집의 첫 시편이 「만남」인 것은 차라리 필연적이라 하겠다.

밭 둔덕에 호박 두 개가 붙어 있다
한 개가 한 개 위에 올라앉는 형상이다
넝쿨을 따라가 보니 뿌리내린 구덩이가 다르다

아름다운 만남을 구경하는 마음의 밭에도
아득한 시간을 달려온 넝쿨이 엉켜 있다
어떤 넝쿨이 연애를 하고 몰래 열매를 달았을까
두 손으로 가슴을 만져 본다

뜨거운 바람과 햇살을 등에 지고 가슴에 안고
호박벌과 호박꽃이 노랗게 단물 드는 중이다

—「만남」 전문

　시집을 여는 시 「만남」은 호박 넝쿨처럼 뒤얽힌 인간관계
를 형상화한다. 같은 뿌리에서 나온 형제·자매 사이도 아니
면서 "한 개가 한 개 위에 올라앉"은 형상으로 붙어 있는 두 개
의 호박은, 단지 호박에만 해당하는 이야기는 아니어서 호박
의 "아름다운 만남을 구경하는" 나의 "마음의 밭에도/ 아득한
시간을 달려온 넝쿨이 엉켜 있다". 엉킨 호박넝쿨 같은 인간들
의 관계는 다른 시편 「극과 극」에서 사실적이고 유머러스하
게 그려진다. "사돈의 팔촌 길흉사부터 나랏일까지 관여하지
않는 데가 없을 정도로 발이 넓기로 소문난 친구" 덕호와 "중

년을 넘길 때까지 꽃 속이나 나무 뒤로 숨기를 밥 먹듯이 하면서 혼자 놀기의 정수를 보여주는 친구" 만득이는 말 그대로 '극과 극'처럼 보이는 친구들인데, 아이러니하게도 이들이 "인연의 뒤안길을 돌고 돌아 마침내 한 방에 모여 카톡을 한다." 때로 "우클릭하고 좌클릭하는 문자가 극과 극으로 치닫기"도 하지만 "그러다 해빙解氷의 얼굴로 돌아와 또 방을 달군다." 성격도 다르고 정치적 입장도 정반대인 두 사람은 동향 친구라는 유일한 공통점에 기대어 밭 둔덕의 호박 두 개처럼 붙어 있다. 뒤엉킨 넝쿨 같은 우리의 만남은 「극과 극」의 덕호와 만득이로 표상되는 친구들 간의 관계일 수도 있겠지만, 「만남」에서 주목하듯 이성적 감정을 기반으로 하는 "연애"일 수도 있다. "어떤 넝쿨이 연애를 하고 몰래 열매를 달았을까" 『그늘을 비질하면 꽃이 핀다』의 전반부에서는 관계 중의 관계라 말할 수 있는 사랑에 대한 착실한 탐구가 포착된다.

2. 높은 사랑

인간이 살면서 맺는 관계 중, 가장 강렬한 뒤얽힘은 단연 사랑일 것이다. 사랑에 관한 무수히 많은 노래와 이야기는 언제나 그 증거다. 『그늘을 비질하면 꽃이 핀다』 역시 여러 심상을 활용하여 이성적인 사랑의 감정을 노래하는데, 이때 눈에 띄는 것은 시집의 화자가 감각하는 사랑의 '높이'다. 우리는 관습적으로 사랑을 '온도'로 표현하곤 한다. 열정을 뿜내는 사랑은 '뜨거운 사랑'으로, 무덤덤해진 사랑이나 끝이 내다보이는 사랑은 '차게 식은 사랑'으로 묘사하는 것이 일반적이다. 그런데 보편적으로 체감되는 사랑의 '온도'는 『그늘을 비질하면 꽃이 핀다』에서 사랑의 '높이'로 변모해 흥미롭다. 시집의 화자는 관계의 밀도를 높이로 감각하는 높이감을 갖추고 있는 것이다.

시간이 확장되고 공간이 연속되는 그곳은
해 뜨고 달 지는 일과는 무관합니다

멀어진 길만큼 시간이 늘어나고 있으니
그대를 오래 그리워하기에 이보다 좋은 곳이 없습니다

늘어나는 시간만큼 좁아진 길을 마주하면서
들찔레 개망초 번지는 바람 속으로
나는 날마다 그대와 나란히 걷는 일을 생각합니다

빛과 어둠을 넘어 나이와 황금과 무관
세상에서 가장 길고 향기로운 그곳은
내가 멀리 가고 싶어 높이 둔 곳입니다
─「사랑」 전문

아름다운 석양이 질 때

한 겹 두 겹 드리웠던 옷깃을 여미며

붉은 마음 감추는 날이 올 것이다

뜨겁고 향기로운 시간을 접어서 차곡차곡

연적 같은 가슴 속에 담아두고

몰래 이슬 머금는 날이 올 것이다

깊이 와서 높이 있는 사람아

—「연심」 전문

위 두 편의 시는 제목이 각각 '사랑'과 '연심'으로 꽤 직설적
인 편이다. 먼저 「사랑」이 형상화하고 있는 것은 이른바 '사랑
의 공간'으로, 그곳은 현실원칙에서 벗어나 시공간이 확장되
고 연속되는 곳, 그래서 "해 뜨고 달 지는 일과는 무관"한 곳이
다. 시의 화자는 시간이 늘어난 그곳에서 그대를 오래도록 그
리워하고, 멀어지고 좁아진 길을 그대와 나란히 걷는 일만을
생각하며 길어진 시간을 즐거이 흘려보낸다. 사랑의 공간은
심지어 "빛과 어둠을 넘어 나이와 황금과 무관"한 곳, 삶의 명
암도 사회적·생물학적인 나이도 또 돈도 주목받지 못하는 곳
이다. "세상에서 가장 길고 향기로운 그곳은/ 내가 멀리 가고
싶어 높이 둔 곳", 오래오래 걸으며 그대의 향기를 그리워하는

곳이다. 한편 「연심」은 사랑하는 마음을 묘사한 시로, 시의 화자가 감추는 "붉은 마음"이 곧 연심일 테다. 그대와 보냈던 "뜨겁고 향기로운 시간을 접어서 차곡차곡/ 연적 같은 가슴 속에 담아두"면 그대 몰래 눈에 이슬을 머금게 되는 절절한 마음을 시는 노래한다.

두 편의 시 모두 사랑의 감정을 '높다'고 느끼고 있다. 「사랑」은 사랑의 공간을 "내가 멀리 가고 싶어 높이 둔 곳"이라고 말하고, 「연심」은 사랑의 대상을 "깊이 와서 높이 있는 사람" 이라고 명명한다. 시집의 또 다른 시편 「홍매」에도 "네게로 가는/ 춥고 높은 사랑아"라는 구절이 등장하므로 시집은 애끓는 사랑을 시종 '높다'고 표현하고 있는 셈이다. 사랑의 감정을 높이로 표현하는 이런 태도는 사람들이 맺는 여러 관계를 서열화하고 특정한 관계에 우열을 설정하는 마음이라기보다는 클리셰가 된 '사랑의 온도'를 '사랑의 높이'로 변주해 보려는 언어적 시도에 가깝다. '뜨거운 사랑' 같은 낡은 표현을 갱신하고 '높은 사랑'의 새로운 국면을 발굴하려는 성실한 언어적 도모 말이다.

그러므로 「감이 떨어지다」라는 제목의 시가 사랑의 상실을 읊는 것은 최석균의 시 세계 안에서 자연스럽다고 하겠다. 나무 꼭대기에 매달려 손 닿을 수 없을 정도로 높이 있던 것이 떨어지다니, 그건 분명 끝나버린 사랑일 수밖에.

널 마주하고 있는데
떨림이 없다

네 손을 잡고 있는데
뜨겁지가 않다

풋풋한 웃음살로 흔들면 낭창낭창 받아주던 날은 가고
더는 얼굴이 붉어지지 않는다

돌아보면 아찔한
네게로 온 숨차고 더운 길

손을 놓아도 무섭지가 않다
가슴 뭉개져도 이젠
아프지가 않다

—「감이 떨어지다」 전문

"삶이 축제가 아니"며 "너와 나는 흩어질 것이고/ 불꽃은 이
내 꺼질 것"이라는 「낙화」의 교훈을 아직 잊지 않았다면, 불
과 얼마 전까지도 주체의 삶을 경이롭게 했던 관계가 발산하
는 권태감에 놀라지 않을 수도 있겠다. 아니, 아니다. 아무리
「낙화」의 교훈을 마음속 깊이 새겼다고 해도 한없이 높기만

했던 사랑이 익어버린 감처럼 땅바닥에 떨어지는 풍경은 여전히 충격적이다. "당신 실착까지 살이 닳도록 사랑한다"(「고요한 착점 — 바둑판」)던 시집의 화자는 이제 "널 마주하고 있는데 / 떨림이 없다"고, "네 손을 잡고 있는데/ 뜨겁지가 않다"고 말한다. 「연심」에서 소중히 감추었던 "붉은 마음"도 어디론가 가버리고 "더는 얼굴이 붉어지지 않는다". 사랑의 대상인 너에게로 온 길은 너무도 높고 또 먼 길이라서 돌아보고 내려다보면 그 높이가 아찔하기까지 한데, 이제는 "손을 놓아도 무섭지가 않다". 땅에 떨어져 터져버린 감처럼 가슴이 다 뭉개져도 이제는 조금도 아프지가 않는 지경이다. 높아서 손도 닿을 것 같지 않던 사랑은 어느새 흙바닥을 더럽히는 질퍽질퍽한 터진 감이 되었다. 최석균의 시가 그리는 사랑의 마지막 순간은 이런 모습이다.

3. 낮달과 별, 부모

그러나 어떤 관계들은 여타의 관계보다 깊고, 오래 지속된다. 말하자면 나의 의지와 무관하게 시작되고 끈질기게 이어지는 넝쿨도 있는 법이다. 그 관계는 마음이 식거나 땅에 떨어져 높이를 상실한다고 해서 쉽사리 정리될 수 있는 것이 아니다. 시집의 3부에는 고향과 부모님을 다루는 시가 주로 수록되어 있다. 소박하고 정감 넘치는 시골의 일상이 노년의 부모

를 바라보는 자식의 애틋한 시선으로 술회된다는 것이 3부의
큰 특징이다. 화자의 아버지는 산과 들을 평생직장 삼아 땔감
과 먹거리를 스스로 장만하는 자존심으로 버티시는 분(「자연
스러운 일」)으로, 강건한 인물이면서도 한편으로는 세심한 부
성애의 소유자인 듯하다. 어느 날은 화자의 맹한 콧속을 눈치
채시고 직접 가재를 잡아다 말려서 빻아 만든 가루를 코에 불
어넣기도 하니 말이다. "먼지와 소음에 휘청이는" 아들의 "숨
가쁜 걸음을"(「눈치챈 아버지」) 아무런 언질 없이도 눈치채는
섬세한 사랑에 화자는 감동하고, 아버지 못지않은 다정한 눈
길로 부모의 나이듦을 깊숙이 응시하고 있다.

　그중 3부의 소제목으로도 쓰인 「낮달과 별이 뜨는 집」은 화
자의 어머니를 '낮달'로, 아버지를 '별'로 지칭하는 사랑스러운
시편이다. 어머니는 낮달이고 아버지는 별이니, 시의 화자는
빛이 그리울 때 부모님이 사시는 촌집을 찾아간다. 어스름이
내리면 부모님이 귀가하시고, 그러면 촌집에는 달과 별이 뜬
다. "낮달은 들녘에서 별은 다방에서 따로 들어오는 일이 다반
사였는데," 어떤 날은 두 분이 함께 네발 오토바이를 타고 돌
아오시기도 한다. 헬멧을 쓴 아버지가 오토바이를 운전하고,
어머니는 뒷자리에 앉아 아버지의 허리를 붙잡고 나란히 귀가
하는 풍경은 화자의 마음에 오래 남는다. "그 장면을 본 후
로,// 하늘에는 수시로 달과 별이 뜬다. 별의 허리를 꽉 붙든
낮달과 헬멧을 눌러쓴 별이 빛난다." 이 시에서 화자의 부모를

대리 표상하는 달과 별은 모두 '높이' 있는 것들이다. 시집의 화자에게 지극한 사랑이란 곧 '높은' 것이었으니, 달과 별로 표현되는 부모는 극진한 사랑의 대상이겠다. 달과 별은 나무 위의 감과 달리 영영 땅에 떨어질 일 없는 것, 날이 밝으면 어디론가 사라진 듯 싶다가도 어스름이 내리면 여지없이 높이 뜨는 것이다. 영원히 높이 있는 것들이다.

그래서 「미로」는 슬픈 시다. 시에 따르면 "바둑판 같은 농로"를 네 발 오토바이로 누비는 일이 선사한 이동의 자유는 나이 든 아버지의 큰 기쁨이었던 듯하다. "손주를 태우고 골목을 돌 때는/ 눈과 입에서 꽃잎이 날리고/ 바퀴에서 바둑알 구르는 소리가" 나기까지 한다. 아버지는 오토바이로 작물과 땔감을 실어 나르기도 하고 "장도 보고 꽃구경도 다니고" "이웃 동네 소문난 다방까지 날아가 놀기도" 한다. 그러나 어느 날 막다른 골목에서 "가속페달을 잘못 밟다가 미끄러"지고 만 아버지는 이후로 "가만히 앉아서" "과거와 미래의 길을 넘나드는 일이 잦"아진다. "출구를 찾은 듯도 보"이고 "입구를 잊은 듯도" 한 아버지를 바라보는 시의 화자는 "출구가 보이지 않는 길 위에 서 있"는 기분이다. "차를 몰고 다니며/ 쇠와 기름의 날을 사는" '나' 또한 잘 알기 때문일 것이다. 가고 싶은 곳을 가고 싶은 때에 갈 수 있다는 사실이 주는 삶에의 자신감, 내가 나의 삶을 온전히 통제하고 있다는 감각의 소중함을 말이다. 그리고 나이가 들수록 이런 것들이 더욱더 소중해진다는 것까지도. 「미로」의 '나'가 "아버지의 길 언저리를 돌면서"라고 쓰는 것은 그가 다친 아버지를 걱정하고 있을 뿐만 아니라, 나이 드는 일의 설움을 아버지와 함께 느끼고 있기 때문이다.

한편 부모를 향할 때는 마냥 다정하기만 하던 화자의 시선이 사춘기의 자녀를 향할 때는 다소 뾰족해진다는 점을 보여주는 시 「강력한 사춘기」도 눈에 띈다. 식탁 앞에서 깨작대는 자녀에게 "한창 클 나이에 고것밖에 안 먹느냐"라는 잔소리를 이제 막 하려는 참인데 눈치 빠른 아이가 선수를 친다. "우리 반에 와 봐라, 나보다 뚱뚱한 애는 없다, 다 뼈다귀다". 화자는 아이의 말 속에 담긴 뼈를 느끼고 얼마간 기분이 상해버린다.

그런데 조금만 더 생각해 보면 아이는 이미 부모의 비언어적 행동 속에서 자신을 못마땅해하는 기운을 감지했음을 알 수 있다. 화자의 특정한 눈빛이나 행동을 보고 '곧 잔소리가 쏟아지겠군' 생각해서 미리 선수를 쳤을 테니 말이다. 같은 맥락에서 부모인 화자는 "무심코 뱉었"다고 하지만 "똥오줌 못 가리겠네"라는 말은 아이에게 모종의 상처를 주고, 그래서 아이는 "아빠 똥 기저귀 채워 보내면 되겠네"라며 자기방어의 일환으로 삐딱선을 탄다. 이 시는 좋은 부모가 되는 일의 어려움을 토로하는 한편, 부모가 자녀를 으르거나 권위를 이용해 "막 누르면" 아이는 엇나가 "먼 산"을 보거나 도리어 부모를 "구석으로 몬다"는 점을 시사한다. 무심코 뱉은 말에 상대를 짓누르려는 악의가 담겨 있다면 돌아오는 답이 삐딱선을 타는 것은 그리 이상한 일만도 아니다.

부모-자식 관계는 그 어떤 호박 넝쿨보다도 질기고 꼬인 관계다. 웬만한 일로 해서 그 덩굴이 끊어지지는 않겠지만, 여차하면 넝쿨 줄기에 가시가 돋쳐 상처만을 주고받는 관계가 될 수도 있음을 「강력한 사춘기」는 암시한다. 시집의 화자가 낮달과 별인 자신의 부모에게 살뜰한 마음을 갖는 것은 이를 잘 알고 있기 때문일 것이다. 자녀를 지위로 제압하지 않고 한 명의 인간으로 충분히 존중하는 마음, 그런 숭고한 마음을 낮달과 별에게서 발견했던 것은 아닐까.

4. 순환, 개화開花

시집의 마지막에 실린 시편 「세심」은 계절의 순환을 바라보며 정결해지는 마음을 노래한다. "오르는 일에 익숙한 걸음이" 봄을 따라 "초록 층계를 밟"으면 "쌓인 것은 여름이 되고/ 쏟아져 내린 자리에 겨울이 있"다. "내리는 일에 서툰 걸음이" 겨울을 맞아 "얼음길을 밟"으며 시는 마무리된다. 봄의 태동으로 시작해 얼어붙은 겨울의 이미지로 끝나는 「세심」이 비감을 풍기지 않는 것은, "산기슭을 따라 터지는 찔레꽃 웃음", "꽃등을" 켜는 "눈 덮인 산자락 찔레 열매" 같은 시어가 새로운 봄의 도래를 암시하기 때문일 테다. 계절은 성실히 돌아오는 것이니 아마도 시인의 다음 시집에서는 다시 찾아온 봄을 발견하게 되지 않을까.

　우리는 어느 계절을 좋아하냐고, 겨울이 좋으냐고 여름이 좋으냐고 묻곤 하지만, 정작 좋은 것은 '겨울'이나 '여름' 같은 특정한 계절 그 자체가 아니라, 그것이 거듭 되돌아온다는 사실일지도 모르겠다. 나날이 극심해지는 기후 위기로 사계절의 순환이 더 이상 당연하지 않은 요즘이다. 봄-여름-가을-겨울의 안정적 되풀이는 점점 감사한 것이 되어간다. 그럼에도 불구하고 최석균의 시심이 포기하지 않는 것이 있다면 순환에의 믿음과 회구인 듯하다. 그래서 그의 시에서는 사람들이 자꾸만 만나서 호박 넝쿨처럼 뒤엉키고, '높은' 사랑을 하고, 헤어지기도 하고, 부모-자식 관계로 얽히기도 한다. 요컨대 만나고 사랑하고 이별하고, 또다시 누군가를 만나는 식으로 우리의 관계도 계절처럼 순환한다. 시집의 화자는 부모의 자녀였다가, 자녀의 부모가 된다. 관계의 순환성에 대한 이 믿음과 실천이, 삶이 축제가 아니며 너와 내가 결국 흩어질 것을 알면서도 "아무렴 어떨까"라고 말할 수 있는 힘일 것이다.

　그리고 결국 이 마음에서 다시 꽃이 핀다. 표제작인 「그늘을 비질하면 꽃이 핀다」에서, 뒤란 감잎을 쓸었더니 딸려 나온 "흙투성이가 된 그늘"에는 단단한 씨앗부터 "물러터진 흔적의 꼭지까지/ 한 그루 감나무의 기록이 수북하다". 나무에서 떨어진 감이 뭉개지고 썩어가는 풍경인 셈인데, 앞서 살펴본 「감이 떨어지다」가 땅바닥에 떨어져 높이를 상실한 감을 통해 끝나버린 사랑을 묘사한 시였음을 상기해 보면, "감잎 그늘"은 사랑이 끝난 이후를 상징한다고 볼 수 있겠다. 어떤 관계가 종료된 후 함께 했던 추억을 회상하면서 사랑의 "떨림이 있던 자리"를 나뒹구는 "감미롭고 환한 증거들"을 발견하는 사람, 그 사람이 최석균의 시적 화자다. 지나간 시간에 서로를 향한 원망이나 미움이 왜 없겠냐마는 최석균의 화자는 "감잎 그늘"에서 "감미롭고 환한 증거들"만을 음미한다. 그래서 그는 안다. 감나무가 보낸 어느 한 시절의 흔적이 가득한 그늘, 그 "그늘을 비질하면 수북수북 감꽃이 핀다"는 사실을. 이제 다시 감꽃이 필 것이고, 이내 꽃은 져서 꽃길을 만들 것이다. 아무렴 어떨까. 감꽃은 분명 다시 필 테다.

| 최석균 |

경남 합천에서 출생했다. 2004년『시사사』로 등단했다. 시집『배롱
나무 근처』『手談』『유리창 한 장의 햇살』이 있다. 현재 경남문인협
회, 창원문인협회, 곰솔문학회, 울문학회 회원으로 활동 중이다. 제
16회 김달진창원문학상을 수상했다.

이메일 :gyun0629@hanmail.net

현대시 기획선 104
그늘을 비질하면 꽃이 핀다
초판 인쇄 · 2024년 9월 20일
초판 발행 · 2024년 9월 25일
지은이 · 최석균
펴낸이 · 이선희
펴낸곳 · 한국문연
서울 서대문구 증가로29길 12-27, 101호
출판등록 1988년 3월 3일 제3-188호
편집실 | 서울 서대문구 증가로31길 39, 202호
대표전화 302-2717 | 팩스 · 6442-6053
디지털 현대시 www.koreapoem.co.kr
이메일 koreapoem@hanmail.net

ⓒ 최석균 2024
ISBN 978-89-6104-363-2 03810

값 12,000원

* 이 책은 경남문화예술진흥원의 문화예술지원을 보조받아 발간되었습니다.

＊ 잘못된 책은 바꾸어 드립니다.